Liebesgewitter

Geschichten und Gedichte

Anne Böckmann

Nichts trennt die wahrhaft Liebenden.
Ihr Bund ist unzerstörbar.

Shakespeare

Die Autorin

Anne Böckmann lebt in
Lilienthal bei Bremen.
„Liebesgewitter" ist die dritte
Veröffentlichung ihrer Gedichte.

Oktober 2004
Selbstverlag Anne Böckmann
Alle Rechte liegen bei der Autorin
©2004 Anne Böckmann Lilienthal
Bilder: Anne Böckmann
Gesamtgestaltung: Corinna Böckmann
Herstellung und Verlag: Books on Demand GmbH, Norderstedt
Printed in Germany
ISBN 3-8334-1466-9

Inhalt

Weißt du noch?

Gestern

dachte ich an dich

die Sonne war heiß

die Natur sprühte Funken

weißt du noch?

Abends hing

eine Mondsichel

in der Linde

und ein besonderer Duft

nebelte uns ein

Erinnerungen

an einen Sommer

vergangen

und doch so nah

Wir sind eins

Vollmondlicht

schimmert schwach

durch dunkle Wolken

über sturmgepeitschtem Meer

die Nacht ist kühl

Sturm heult

um das Haus

ich bin allein

das Telefon bleibt still

aber ich weiß

wir sind eins

meine Gedanken

sind auch deine

Glück

Glück wird jeden Tag
neu definiert
heute ist
dein da sein
Glück
zärtliche Liebe
leuchtet
augenfällig
lodert aus allen Poren
umhüllt uns
mit einem Mantel
des gegen alles gewappnet sein
Glück
findet heute statt
weil du bei mir bist

Annas Sommer auf dem Land

In der Nachkriegszeit verbrachte Anna ihre Sommerferien immer bei ihrer Tante und ihrem Onkel in einem kleinen Dorf in Norddeutschland. Anfänglich hatte sie oft Heimweh, aber dann gewöhnte sie sich schnell an das freie Leben, ihre Tante war längst nicht so streng mit ihr, wie ihre Mutter, und rückblickend gab es doch einige Ereignisse in ihrem Dasein, die sie hier das erste Mal erfuhr.

Sie lernte hier Fahrradfahren. Sie lernte die Gartenarbeit kennen, die später allerdings nicht ihre große Leidenschaft werden sollte, was wiederum vielleicht auch dort ihren Ursprung hatte. Ihre Tante hatte einen großen Gemüse- und Obstgarten, in dem es natürlich immer viel zu tun gab. Anna half bei der Ernte und war dabei, wenn Obst zu Kompott, Saft und Marmelade verarbeitet wurde und Bohnen, Erbsen und Karotten in großen Einmachgläsern verschwanden. In der Küche stand ein mächtiger, weißer Kohleherd, der immer angeheizt war und auf dem es ständig brodelte und zischte.

Außer dem Gemüsegarten gab es einen großen Vorgarten mit Sommerblumen und Stauden, da musste immer Unkraut gezupft werden, und die Wege um das Haus wurden zum Wochenende geharkt. Das war Annas Aufgabe, wenn sie da war. Sie fand das ziemlich überflüssig, da die geharkten Spuren schnell wieder verschwunden waren, weil die Leute, die um das Haus gingen, natürlich nicht darüber schwebten. Es gab auch eine kleine Rasenfläche am Haus. Dort stand für Anna eine alte ausrangierte Badewanne, die mit Wasser gefüllt wurde, damit sie sich abkühlen konnte, in die sie sich aber auch ohne Wasser legte, um sich zu sonnen, dort wollte sie knackig braun werden wie die Leute in den Zeitschriften, die sie bei ihrer Tante immer las. Sie bekam nämlich eine Lesemappe mit verschiedenen Zeitschriften geliehen, die nach einer Woche wieder abgeholt und durch eine neue ersetzt wurde. Das war neu und aufregend für sie, bei ihrer Mutter gab es das nicht. Da erfuhr sie nun, was auf der Welt alles so passierte, wer reich und berühmt war, und wie man auszusehen hatte, wenn man das werden wollte. Es gab da auch Fortsetzungsromane, vorwiegend Liebesromane, die Anna sehr interessant fand, so dass sie es manchmal gar nicht abwarten konnte, bis nach einer Woche die nächste Lesemappe kam. Ihre Mutter hätte das sicher nicht so gut gefunden, sich anderen Lesestoff für eine Zwölfjährige gewünscht, aber sie wusste es ja nicht, und ihrer Tante fiel das nicht weiter auf, sie war immer froh, wenn Anna beschäftigt war.

Sie entdeckte hier also auch ihre Leseleidenschaft, die anhielt, später aber dann dank einer wunderbaren Deutschlehrerin in andere Bahnen gelenkt wurde.

Was das „knackig braun werden" betraf, das war leider ein Reinfall, obwohl sie es immer wieder versuchte. Wenn sie sich hinterher im Spiegel ansah, entsprach die Farbe im Gesicht und an Armen und Beinen eher einer roten Tomate als den Bildern in den Zeitschriften. Ihre Tante meinte, sie solle sich doch lieber unter einen Baum legen, im Schatten würde man viel eher braun, was auch ein Trugschluss war. Sie gab aber nie auf, versuchte es in jedem Sommer wieder, immer in der Hoffnung, ihre Haut hätte sich geändert.

Annas Cousin, der älter war als sie, ging auf Freiersfüßen. In dem Sommer, als sie fünfzehn wurde, heiratete er. Es war ein Riesenfest, das in einem großen Zelt im Garten gefeiert wurde. Zu fortgeschrittener Stunde stand Anna etwas verloren am Eingang des Zeltes und sah den Paaren zu, die engumschlungen tanzten. Ein merkwürdiges Gefühl schlich sich bei ihr ein, das sie nicht kannte. Sie spürte eine Sehnsucht in sich, auch dabei zu sein. Sie sah einen jungen Mann etwas abseits der Tanzfläche stehen, der war ihr nachmittags schon aufgefallen. Sie kannte ihn nicht, aber er gefiel ihr sehr, groß, dunkle Locken und große braune Augen, die etwas traurig guckten, so kam es ihr jedenfalls vor. Sie hatte nicht den Eindruck, dass er sie überhaupt bemerkt hatte, ein dünnes, hochaufgeschossenes, blondes junges Mädchen, das gerade begann, ohne so recht was damit anfangen zu können, sich als Frau wahrzunehmen. In diesem Moment hatte sie den glühenden Wunsch, er möge auf sie zukommen und sie bitten, mit ihm zu tanzen. Wenn sie sich nun in einem der Liebesromane, die sie in den Zeitschriften las, befinden würde, dann käme er jetzt, aber er sah sie gar nicht. Das musste sie ändern und plötzlich, wie von unsichtbarer Hand geführt, lösten sich ihre Füße vom Boden, und sie ging auf ihn zu. Als sie dann vor ihm stand und ihn bat, mit ihr zu tanzen, hatte er etwas amüsiertes, mitleidiges im Blick, aber er tat es.

Er legte seinen Arm um sie, und sie schmiegte sich an ihn, wie sie es bei den anderen gesehen hatte. Nur tanzen konnte er nicht, und nachdem er ihr ein paar Mal kräftig auf den Fuß getreten hatte, schlug er vor, doch lieber mit ihr einen Spaziergang durch die frische Luft zu machen. Auch das war ihr recht, wenn sie nur mit ihm zusammen war.

So machten sie also einen Abendspaziergang durch den nahegelegenen Wald. Sie kam sich wie verzaubert vor und hörte wie durch einen Nebel, wie er ihr von seiner Freundin erzählte, die gerade ihre langjährige Beziehung beendet hatte, und dass er deswegen sehr traurig sei, also hatte sie sich das doch nicht eingebildet. Wie konnte man so einen Mann überhaupt verlassen? Sie wollte ihn trösten und strich ihm zärtlich über den Rücken, und dann plötzlich beugte er sich herunter zu ihr, drückte seine Lippen auf ihren Mund und küsste sie. Wohlige Schauer jagten durch ihren Körper, Anna war wie benommen. Sie gingen weiter, er erzählte ihr alles mögliche, für ihn schien das nichts besonderes gewesen zu sein, und es fiel ihm sicher auch nicht auf, dass Anna stumm war vor Glück.

Als sie wieder vor dem Zelt ankamen, lief ihre Mutter dort unruhig auf und ab, war erleichtert, sie zu sehen, schimpfte aber auch mit ihr, dass sie sich nicht abgemeldet hatte. Anna war immer noch wie benommen, die Worte ihrer Mutter, wie „Dorfcasanova, gefährlich, sich Sorgen gemacht," prallten an ihr ab. Sie stand vor ihr, hätte ihr so gern erzählt, was sie erlebt hatte, aber sie würde es ja doch nicht verstehen. Ihr Begleiter war längst wieder ins Zelt zurückgekehrt.

Sie musste nach dem Hochzeitsfest nach Hause, weil die Ferien zuende waren, sie sah ihn also nicht mehr, aber ihr Cousin hatte ihr seine Adresse gegeben, und so schrieb sie ihm glühende Liebesbriefe und äußerte den Wunsch, ihn unbedingt wiederzusehen. Sie sehnte sich nach seiner Nähe und diesen Kuss, den wollte sie wieder spüren und das ganz oft. Ihre Mutter ahnte das alles nicht, für sie war der Abend längst zu den Akten gelegt, aber dieser von Anna so heiß begehrte junge Mann antwortete auch nicht auf ihre Briefe, und sie fieberte den nächsten Sommerferien entgegen in der Hoffnung, ihn dann wiederzusehen.

Und dann, eines Tages, bekam sie doch Post von ihm. In einem kurzen und knappen Text, der nicht auf ihre Briefe einging und gespickt war mit Rechtschreibfehlern, teilte er ihr mit, dass er sich mit seiner Freundin wieder vertragen hätte und sie nun heiraten wollten, und sie herzlich dazu eingeladen sei. Es dauerte eine ganze Weile, aber dann sah sie ein, dass sie einen Mann zum Traumprinzen gemacht hatte, der keiner war, für sie jedenfalls nicht. Das war ganz schön schmerzlich. Sie sah ihn nie wieder, aber dieser Kuss blieb was ganz besonderes, er war eben der erste.

Der Duft des Sommers

Der Duft
des Sommers
weht durch das geöffnete Fenster
Gedanken
gehen auf die Reise
reiten auf Wellen
suchen Meeresglas am Strand
geschliffen vom Wasser
leuchtet es im Sonnenlicht
meine Sinne
gehen spazieren
riechen Meeresnähe
spüren
den salzigen Geschmack
deiner Lippen
Wellen streicheln meine Haut
Sehnsucht
fliegt mit dem Wind

Liebe auf den ersten Blick

„Vom Eise befreit sind Strom und Bäche durch des Frühlings holden, belebenden Blick." Es war Frühling. Anna war gerade geschieden. Ihre Seele hatte einen dicken Eispanzer, als sie Jannis traf.

Liebe auf den ersten Blick? Anna dachte, das gibt es nur in Filmen und Romanen und in ihrem fünfzig Jahre alten Leben mit der Riesenenttäuschung, die sie erlebt hatte, war die Männerwelt für sie ins Abseits geraten. Hans-Dieter Hüsch, der Kabarettist, gastierte in der Aula eines Gymnasiums einer Kleinstadt am Niederrhein. Eigentlich war Anna mit einer Freundin verabredet, die hatte aber abgesagt und so war sie allein in der Menschenmasse, die auf den Einlass wartete. Sie suchte ein bekanntes Gesicht in der Menge, - da sah sie ihn -, und es war, als hätte sie ein Blitz getroffen. Ihr großes Glück war, dass er von zwei Frauen flankiert war, die sie kannte. Sie wühlte sich durch die Menge, begrüßte die beiden, wurde vorgestellt und eingeladen, doch mit ihnen zusammen dem Vortrag zu lauschen. Das alles ging sehr schnell, die Türen hatten sich mittlerweile geöffnet, und die Leute strömten in die Aula. Anna hatte Mühe, den dreien zu folgen, aber das wollte sie ja nun unbedingt. Jannis, das hatte sie verstanden, ein Grieche also, gar nicht typisch, blonde, etwas längere Haare, schon etwas angegraut, und sie hatte in ein paar blau-grüne Augen mit braunen Sprenkeln geschaut.

Der Vortrag von Hüsch begann. Die beiden Frauen hatten ihn wieder eingerahmt, und Anna saß links daneben. Sie träumte. Hüschs Worte perlten an ihr ab, sie hatte ihren Stuhl etwas nach hinten gerückt, um den Griechen von der Seite besser betrachten zu können, eine große Nase, herrliche Lippen. Wie konnte das nur möglich sein, sie hatte sich auf Anhieb in ihn verliebt. Wie durch einen Nebel hörte sie das Gelächter der Leute, die Herrn Hüsch sicher aufmerksamer lauschten, als sie.

Alles verschwamm vor ihren Augen, nur diesen Mann zwei Plätze weiter, den sah sie kristallklar. Ob es auffiel, dass sie nur selten nach vorn guckte? Wie gut, dass Anna nicht für eine Zeitung über diesen Vortrag berichten musste. Der Artikel wäre etwas merkwürdig ausgefallen.

Plötzlich bewegte er seinen Kopf zur Seite, ob er ihre Blicke spürte? Er trug einen knatschgrünen Blazer und auf dem kleinen Finger prangte ein dicker Ring. Normalerweise hätte Anna das affig gefunden, aber im Moment war ja nichts normal.

Beifall brandete auf, der Vortrag war zuende. Anna musste aus ihrem Traum erwachen, aber Jannis war kein Traum, er strebte in der Menschenmasse neben ihr oder sie neben ihm dem Ausgang zu. Sie atmete seinen Duft ein, streifte seinen grünen Ärmel, lächelte ihn an.

„Ich habe Herrn Hüsch nicht sehr gut verstanden, er sprach sehr schnell", waren seine Worte.

Ich habe auch nicht viel verstanden, aber aus anderen Gründen, dachte Anna.

Als sie noch überlegte, wie sie diesen Abend verlängern könnte, um ihn besser kennenzulernen, luden die drei sie ein, noch ein Glas Wein bei einem Italiener zu trinken. Sie saß ihm gegenüber und konnte ihn jetzt richtig betrachten. Er war jünger als sie, hatte eine große Ausstrahlung, eine angenehme Stimme und sprach Deutsch fast ohne Akzent. Die beiden Frauen waren Kolleginnen, sie hoffte, nur Kolleginnen, sie arbeiteten alle in einer Werbeagentur. Anna tauchte in seine Augen, eigentlich saß sie nur mit ihm an diesem Tisch. Durch das, was er sagte, und die Art, wie er sie ansah, gab er ihr das Gefühl, dass er sich in ihrer Gegenwart auch sehr wohl fühlte, und das gab ihr den Mut, ihm beim Abschied ihre Telefonnummer zu geben.

Sie trafen sich wieder und immer wieder und wussten ziemlich bald beide, dass der andere aus seinem Leben nicht mehr wegzudenken war.

Es war eine besondere Liebe, die Anna mit Jannis verband, und sie gingen sehr behutsam damit um. Anna war sich des Altersunterschiedes wohl bewusst und auch der Tatsache, dass Jannis Eltern eine Heirat mit einer jungen Griechin wünschten. Vielleicht war ihre Liebe stark genug, sie wollte noch nicht daran denken, sie genoss jeden Augenblick, den sie mit ihm zusammen verbrachte und war dankbar und glücklich über das Geschenk, das das Leben ihr spät aber nicht zu spät gemacht hatte.

Seelensuhlen

Meine Seele
suhlt sich
in sattem Wiesengrün
sehnsüchtelt
träumt
von Farben
Düften
Picknick
und Meeresblau
meine Seele
suhlt sich
im Sein

Sehnsucht

Farben

Gerüche

Grillenzirpen

vertraut in der Hitze des Sommers

blau über mir

und in der Nacht

glitzernde Sterne

ich sehne mich nach dir

wo bist du

ich weiß so wenig von dir

oder auch so viel

ich möchte bei dir sein

jetzt

in der Hitze des Sommers

Liebesgewitter

Blitze
zucken durch mein Sein
erhellen
Augenblicke
was ist es
was ich empfinde
für dich
was mich auf Wolken
hebt
schweben lässt
Liebe
die seelenverpackt
herzverschnürt
gegen jedes Donnergrollen
der Welt
gewappnet ist
unzerstörbar

Frida Kahlo

Ein Leben

voller Leidenschaft

und Liebe

sie malte

sie tanzte

sie liebte

Frauen und Männer

ihren Mann

der sie bewunderte

vergötterte

der sie betrog

sein Körper

ihren Körper

der zerschunden war

geflickt

zusammengehalten von Eisenstangen

sie war schön

sie bebte

in ihrer Lebendigkeit

trotz vieler Schmerzen

sie malte

sie tanzte

sie liebte

mit einer leidenschaftlichen Seele

in einem zerschundenen Körper

Himmel und Meer

Ein weites Meer

für Sehnsüchte

viel Raum

für Gedanken

Sonne und Licht

für Haut und Sinne

ein blauer Himmel

für Seelenflüge

machen das Herz weit

für die Liebe

alles ist gut

Klimaanlage für die Seele

Eine Klimaanlage
für die Seele
das wäre schön
damit
die Seele nicht überquillt
der Schmerz nicht so brennt
das Leid nicht so weh tut
die Freude nicht
überhand nimmt
das Glück
nicht übermütig macht
vielleicht
braucht man sie ja gar nicht einzuschalten
weil
Liebe
Freude
Glück und Schmerz
gar nicht da sind
das wäre schade

Gedicht für dich

Ein Gedicht
für dich
weil du nicht da bist
doch da bist
mir ist kalt
wärmst mich
durch deine Nähe
im Gedicht
für dich

Paula und die Anderen

In einem dunklen Zimmer schlug Paula ihren Kopf immer wieder an die Rückenlehne ihres Stuhles, zehnmal, zwanzigmal, wütend, traurig, allein gelassen. Ihre Großmutter war zwar da, aber versunken in Trauer und Selbstmitleid, hatte sie doch gerade vom Tod ihres Schwiegersohnes erfahren, der Tod ihrer herzkranken Tochter war noch nicht lange her. Paula war also Waise. Das war im Spätsommer 1945.

Die Großeltern nahmen Paula bei sich auf, umsorgten sie liebevoll, war sie doch das Einzige, was sie noch hatten. Sie war ein schüchternes Kind, das sich selbst nicht viel zutraute, sich immer auf die Anderen verließ. Sie war der Schatten ihrer Freundin Mechthild, mit der sie nur gemeinsam etwas unternahm, und die Anerkennung ihrer Klassenkameradinnen war ihr sehr wichtig, dafür verleugnete sie sogar ihre Großmutter. Als diese Paula einmal bei strömenden Regen mit dem Schirm in die Schule bringen wollte, lief sie schnell davon mit dem Satz:

„Bloß nicht, dann denken ja alle, ich hätte so eine alte Mutter."

Heute, in der Lebensmitte, war Paula eine selbstbewusste Frau. Keiner nahm ihr mehr das unsichere, schüchterne Kind ab. Sie lebte allein, was sie sich früher nicht hätte vorstellen können. Manchmal gingen ihre Gedanken zurück. Wie war das mit ihr und den Anderen? Sie horchte in sich hinein und einmal entspann sich eine Diskussion zwischen ihren zwei Ichs.

Das egoistische Ich freute sich: „Ich habe jetzt die große Freiheit, ich bin allein, muss mich vor niemandem rechtfertigen für das, was ich tue. Mein Mann hatte plötzlich andere Pläne, soll er doch. Meine Kinder sind erwachsen, sie brauchen mich nicht mehr. Ich kann tun und lassen, was ich will, ich genieße mein Leben."

Das soziale Ich wehrte sich: „Ja, aber ich war doch gern für meine Familie da. Am Abend unseres Hochzeitstages stand ich auf dem Balkon unserer ersten Wohnung und wusste, ich würde diesen Mann lieben ein Leben lang, wir würden Kinder haben. Ein Wahnsinnsgefühl voller Frieden und Aufgehobensein durchströmte mich."

Etwas zögerlich antwortete das egoistische Ich: „Das ist schon wahr, aber sei ehrlich, bald war alles selbstverständlich und eigentlich habe ich genau gewusst, dass er sich noch nicht binden, erst sicherer im Berufssattel sitzen wollte. Er hat mir den Gefallen getan, schließlich liebte er mich ja auch. Und dann wollte ich Kinder, er auch, aber später. Ich habe mich durchgesetzt, das passierte nicht oft in dieser Ehe. Ich bekam einen Sohn und bald darauf eine Tochter."

„Nun waren da noch zwei mehr, denen ich meine Liebe schenken konnte. Ich wollte es besser machen, als meine Mutter", erinnerte sich das soziale Ich, „als sie starb, war ich zwar noch klein, aber ich glaube, sie war kühl und sehr ordentlich, ich durfte nie Kinder zum Spielen mitbringen, das hätte ja ihren Haushalt durcheinandergebracht, dadurch war ich viel allein. Im Kriegsjahr 1944 war sie allerdings schon sehr krank und kam nur langsam vorwärts, wenn wir, bepackt mit Wolldecken, bei Alarm in den Bunker mussten und das meistens im allerletzten Moment."

„Was hat das alles mit der Liebe zu deiner Familie zu tun?" unterbrach das egoistische Ich die Erinnerungen, „ich weiß wohl, du hast dich immer angepasst, deiner Mutter, deinen Großeltern, deinem Mann, in gewisser Weise auch deinen Kindern, um geliebt zu werden. Ist also Harmoniebedürfnis auch Egoismus? Habe ich meine Familie benutzt, um geliebt zu werden?"

„Nein, nein", wehrte das soziale Ich ab, „so darfst du das auch nicht sehen. Meine Familie hat schon meine Liebe erkannt. Ich kann mich gut an einen Frühsommermorgen im Mai erinnern, Muttertag und mein Geburtstag fielen auf einen Tag. Ich saß an einem gedeckten Tisch im Garten und ein wohliges Gefühl durchströmte mich, als meine Familie im Gänsemarsch auf mich zukam: Lena mit einer selbstgebackenen Torte mit kleinen, brennenden Kerzen, Christian mit einem Wiesenblumenstrauß und mein Mann mit einem Schirm, den ich mir gewünscht hatte, gefüllt mit dunkelroten Rosen."

„Siehst du," meldete sich wieder das egoistische Ich, „da konntest du doch stolz sein. Du wurdest gefeiert als Mutter, Ehefrau und Geliebte. Was warst du doch für ein toller Typ!"

„Moment", das soziale Ich schüttelte den Kopf, „das ist eins von wenigen Beispielen, aber heißt es nicht auch in der Bibel, Liebe fordert nicht, da darf ich doch gar nicht die Frage stellen, ob sich mein Liebeseinsatz letztlich gelohnt hat. Mein Mann hat mich verlassen, die Kinder gehen eigene Wege, was ja normal ist, letzteres jedenfalls. Meine Freunde musste ich neu sortieren, sicher wird man auch kritischer."

„Nun sei mal ehrlich", das egoistische Ich schien nicht ganz einverstanden zu sein, „es geht uns doch gut, dir mit deiner Liebe und Fürsorge für die Menschen, mir mit neu gewonnenem Selbstbewusstsein. Wir werden geliebt und anerkannt."

„Werden wir das?" zweifelte das soziale Ich, „ich weiß noch, wie ich mir als Kind Geschichten ausdachte, auf einer Schaukel zum Beispiel im Nachbargarten. Ich durfte sie manchmal benutzen, die Kinder, die dort wohnten, waren längst aus dem Alter raus. Ein großes Haus in einem wunderschönen, gepflegten Garten, es gehörte einer Arztfamilie. Alles war da sauber und rein. Die Frau trug einen strengen Haarknoten, hatte aber immer ein gütiges Lächeln im Gesicht. Sohn und Tochter waren adrett und fleißig in der Schule, der Mann sehr beschäftigt, so wirkte das jedenfalls auf mich, und ich hatte das Gefühl, diese Frau hatte in der Familie alle Fäden in der Hand und war für alle sehr wichtig.

Ich schaukelte hoch in die Lüfte, und der Wunsch war sehr stark, das später auch zu sein in meiner Familie."

„Das warst du doch," antwortete das egoistische Ich, „nun nicht ganz genau so, aber immerhin gab es eine Zeit, in der du als Ehefrau und Mutter sehr glücklich warst. Geahnt haben wir doch manchmal, dass es neben diesem Leben noch ein anderes geben könnte, und das leben wir heute, frei, ungezwungen und entspannt. Einigen wir uns doch so, die Anderen sind immer noch wichtig, aber mit mehr Distanz. In erster Linie verlassen wir uns auf uns selbst."

Paula beschloss, häufiger in sich hineinzuhorchen.

Wellenkreise

Die Landschaft
atmet
Frieden
buntes Laub
spiegelt sich
im trägen Wasserlauf
die Sonne
vergoldet Birkenblätter
bläut das Wasser
Enten
bilden Wellenkreise
in meinem Kopf
kreisen
Gedanken an dich

Alles ist möglich

Seelenruhe finden
Eins sein
mit sich und den anderen
vergeben können
mit sich und den anderen
in Frieden sein
loslassen
und wissen
alles ist möglich
das ist Glück

Seelenflackern

Die Kerzenflamme
flackert
im Hauch eines Luftzuges
meine Seele
flackert
im Nachhall deiner Worte
hab ich dich verloren?
eigentlich schon lange
Tagträume
Nachtträume
nähren
meine Sehnsucht nach dir
die immer da ist

Der Wert der Dinge

Seltenheit
bestimmt
den Wert der Dinge
Wiederholungen
Rituale
bestimmen
den Lauf des Lebens
machen
unsere seltenen Begegnungen
unsere Liebe wertvoller?
ich weiß nur
meine Träume
mein in Gedanken
mit dir zusammen sein
bestimmen
den Rhythmus meines Lebens

Eine Skulptur ist entstanden

Raue Zärtlichkeit
Zartheit zärtelt
raues Gestein
schmiegt sich an Rohes
wird eins
mit
Verwittertem
Zersplittertem
Vernarbtem
lässt hoffen

Das Netz

Emotionen

fahren Achterbahn

die Welt

steht Kopf

die Liebe

knüpft ein Netz

um

purzelbaumschlagende Gedanken

aufzufangen

in denen

die Seele baden kann

im Schmerz

Der Augenblick

Die Kostbarkeit
des Augenblicks
begreifen
genießen
darin schwelgen
baden
jetzt
im Moment
bevor er verweht
wie ein Tautropfen
der in der Morgensonne
funkelt

Ein Hauch von Frühling

Einen Hauch

von Frühling

hab ich gespürt

heute am Wasser

die Sonne

malte weiße und blaue Flecken

zwischen

diffuse Spiegelungen

bizarrer Bäume und Gräser

Stille

umgab mich

als sei ich allein

auf der Welt

nur ich

du in Gedanken

und ein Hauch von Frühling

Eine Art von Glück

Fast geräuschlos glitt der letzte Zug aus der Halle, der Bahnsteig war leer, bis auf einen etwas verloren wirkenden Mann. Er hatte sich gerade eine Zigarette angezündet und starrte dem Zug nach, dessen rote Schlusslichter immer kleiner wurden.

Sie war also nicht gekommen. Es war nicht das erste Mal, dass Paul an diesem Tag auf dem Bahnsteig stand und den Schlusslichtern eines Zuges hinterher sah. Dies war nun der letzte, für heute. Seine Gedanken gingen zurück.

Es war schon eine Weile her, an einem regnerischen Sommerabend hatte er zuhause an seiner Schreibmaschine gesessen. Es war stürmisch, die Zweige des Knöterichs, die vom begrünten Dach hingen, peitschten gegen das Fenster seines Arbeitszimmers. Seine Arbeit als Journalist hatte Paul vor kurzem an den Nagel gehängt. Zurückgezogen und allein lebte er in seinem Haus hinter dem Deich und schrieb an einem Buch über die Liebe.

Seine Frau hatte ihn vor Jahren verlassen, sie hatten ohnehin nur noch nebeneinander her gelebt. Ab und zu hörte er noch von ihr, sie hatte ihr Glück mit einem neuen Partner in Hamburg gefunden, das Großstadtleben hatte ihr immer schon besser gefallen.

Er liebte die ländliche Ruhe über alles, wenn er sich auch in letzter Zeit manchmal sehr allein fühlte, und er sich nach einer Frau sehnte, mit der er über alles sprechen könnte, die auch teilhaben würde an seinem Buch über die Liebe. In seine Gedanken hinein schrillte plötzlich das Telefon.

Er meldete sich, eine fremde weibliche Stimme fragte etwas zögerlich:

„Hallo, wer ist da?......Ich glaube, ich habe mich verwählt."

Sie legte aber nicht auf, und Paul auch nicht.

„Entschuldigen Sie, ich fühle mich im Moment sehr allein, vor allen Dingen möchte ich mit jemandem reden."

Ihre Stimme klang sehr warm und freundlich. „Vielleicht sind sie auch allein?"

Bevor er antworten konnte, hörte er am anderen Ende der Leitung das Geräusch einer sich öffnenden und wieder zuklappenden Tür, von Schritten, und sie legte auf. Diese leise, sinnliche Stimme hatte ihn aufgewühlt und neugierig gemacht. Würde sie wieder anrufen? Er hoffte es.

Auf seine Arbeit an dem Buch konnte er sich nicht mehr konzentrieren und er ging an diesem stürmischen Abend gedankenverloren ins Bett.

Sie rief wieder an, am nächsten Abend, an vielen folgenden Abenden, fast immer zur selben Zeit, er wartete schon darauf. Er erfuhr, dass Maria, so hieß sie, mit einem taubstummen Mann zusammenlebte. Sie hatte ihn bei Freunden kennen gelernt und sich in seine dunklen, träumerischen Augen verliebt. Nun war sie schon seit sechs Jahren mit ihm zusammen.

Sie formten die Worte mit den Händen, und so sehr sie ihn auch liebte, das Sprechen fehlte ihr. Er ertrug es nicht, wenn sie mit anderen sprach.

So hatte sie in einem günstigen Moment Pauls Nummer gewählt, ohne ihn zu kennen. Das Austauschen von Wörtern und Sätzen, das Sprechen mit einem Mann machte sie glücklich. Sie telefonierten miteinander, wenn Kostas, der Bildhauer war, sich in seiner Werkstatt aufhielt.

Auch Paul gefielen diese Gespräche am Telefon, die immer intensiver wurden, so dass er sich nicht mehr so allein fühlte. Er erzählte ihr von dem Buch, an dem er arbeitete, und sie sprachen über die vielen Facetten der Liebe. Sie wurden immer vertrauter miteinander. Wenn Maria die Tür der Werkstatt hörte, legte sie auf. Die Gespräche gehörten für beide bald zum Tagesrhythmus.

Bei Paul tauchte der Wunsch auf, sie einmal zu sehen. Er hatte sich natürlich ein Bild von Maria gemacht, und die Sehnsucht, ihr gegenüber zu sitzen, wurde immer größer. Maria willigte sehr zögerlich ein, auch sie hatte ein genaues Bild von Paul, war neugierig, ihn zu sehen, aber sie wollte Kostas nicht verletzen.

Sie einigten sich schließlich auf einen Tag, an dem Kostas seine Skulpturen in einer Galerie vorstellen wollte, ausnahmsweise ohne sie. Sie wollte mit dem Zug kommen, erkennen würden sie sich, da waren beide sicher.

Paul wartete vergebens auf dem Bahnsteig. Maria kam nicht. Als er den Schlusslichtern des letzten Zuges hinterher sah, wusste er, sie hatte nicht den Mut gehabt.

Sie setzten ihre Telefongespräche fort, ohne noch mal den Versuch zu machen, sich zu sehen. Das Glück in einer Stimme zu finden, das würde ein Kapitel seines Buches über die Liebe sein.

Noten der Liebe

Du bist bei mir
nur das zählt
unsere Herzen
komponieren
eine Musik der Liebe
Zärtlichkeit
Nähe
Vertrautheit
bilden die Noten
du bist da
und die Zeit hört auf zu sein

Aufbruch

Der Mensch
beflügelt
gefangen
zugleich
im Aufbruch
bereit für Neues
beflügelt
gefangen
im Seelenlabyrinth
sucht er
beflügelt von Liebe
den Weg ins Licht

Der Kreisel

Der Kreisel
dreht sich
schneller
immer schneller
bis ...
wie mein Leben
denke ich
den Kreisel
nehm ich in die Hand
bring ihn immer wieder
in Bewegung
immer wieder
wie mein Leben

Der Bettler
Gedanken anderer und wie es dazu kam

Ein Ladeninhaber – Nun sitzt dieser Mann schon wieder vor meinem Geschäft und vergrault mir die Kunden. Klar, vor einem Delikatessen-Geschäft rechnet er mit dem schlechten Gewissen der Leute. Wer sich Champagner, Austern und Kaviar leisten kann, könnte ja vielleicht auch etwas für einen armen Menschen übrig haben. Abgerissen, traurig, mit undurchdringlichem Gesicht hockt er da, vor sich den umgestülpten Hut. Er spricht niemanden an, starrt nur so vor sich hin, und komischerweise geht eine gewisse Würde von ihm aus. Wie alt mag er sein? Dreißig, vierzig? Schlecht zu schätzen. Warum arbeitet er nicht? Ich hab schließlich auch schwer schuften müssen, bis der Laden so gut lief, wie jetzt. Vielleicht hat er das ja auch mal, hat nur nicht so viel Glück gehabt.

Wenn er nur nicht so furchtbar traurig auf mich wirken würde, hätte ich ihn schon längst weggejagt. Einfach ansprechen will ich ihn auch nicht, dann merkt er mein Mitleid, und ich werde ihn gar nicht wieder los.

Merkwürdig, obwohl er bettelt, drücken seine Haltung und seine Miene einen gewissen Stolz aus. Selbst jetzt lächelt er nicht, als eine attraktive Dame, bevor sie meinen Laden betritt, ihm

eine Münze in den Hut wirft. Na ja, solange die
Kunden sich nicht beschweren, soll er da meinet-
wegen sitzen bleiben. -

Ein Kumpel - Unten am Hafen, in einem alten
Schuppen, der nicht mehr gebraucht wird, haben
mein Freund Fritz und ich eine Nachtbleibe gefunden, und seit kurzem sind wir da zu dritt. Uwe,
so heißt der Neue, stellte sich neulich bei uns unter bei einem heftigen Gewitterregen und da wir
gerade einen Buddel Korn geleert hatten und
denn immer sentimental werden, erlaubten wir
ihm zu bleiben.
Wir treiben uns immer an den Fähren rum,
Fritz und ich, wo Uwe hockt, wissen wir nicht, wir
sehen uns nur abends. Junge, der ist so ganz
anders, als unsere andern Kumpels. Er spricht
kaum über sich, hat wohl mal gesagt, dass er
nicht immer so gelebt hat, mal ein Haus und eine
Frau hatte, aber wenn wir denn weiterfragen,
schweigt er und guckt traurig in die Gegend.
Irgendwie wirkt der so vornehm auf mich, Fritz
lacht immer, wenn ich das sag, ha ha, ein vor-
nehmer Bettler. Aber einnehmen tut er wohl was,
und geizig ist er auch nicht, bringt schon mal
einen Buddel Korn mit und sorgt fürs Abendbrot.
Er selbst trinkt nichts. Einmal bin ich nachts auf-
gewacht und hab gesehen, dass Uwe mit Hilfe
einer Taschenlampe in einem Buch las. Meine
Güte, hab ich gedacht, gebildet iss er auch noch.
Fritz hab ich da nix von erzählt, der hätte mir das

doch nicht geglaubt. Möchte doch zu gern wissen, wie der zum Bettler geworden ist. –

Eine Passantin – Dieser Bettler gestern vor dem Delikatessengeschäft geht mir doch nicht aus dem Kopf. Dieses Gesicht, irgendwie vertraut, erinnert mich an Uwe, mit dem ich studiert habe. Ja, genau, er könnte es gewesen sein. Aber Uwe, ein Bettler? Er war ein Sonnyboy, als ich ihn kennen lernte, viele Frauen schwärmten für ihn. Es fiel ihm alles zu, er brauchte sich nicht anzustrengen, er war ein Glückspilz. Ich war auch mal sehr verliebt in ihn, wir hatten eine kurze Affäre miteinander, aber nach dem Studium habe ich ihn aus den Augen verloren. Von einer Freundin hörte ich, er habe eine Werbeagentur aufgemacht und sei verheiratet. Und diesen Uwe sollte ich nun als Bettler gesehen haben? Komisch war meine Reaktion auf diese Begegnung gestern schon. Normalerweise denke ich: Meine Güte, der ist noch jung, kann der nicht arbeiten, um Geld zu verdienen? Gestern war das anders, er hatte so was Anrührendes, Trauriges an sich, oder habe ich mich nur erschrocken, weil er mich so sehr an Uwe erinnerte. Er hat nicht gelächelt und mich nicht angesehen, als ich ihm die Münze in den Hut warf.
Verflixt, ich muss immer daran denken. Morgen gehe ich wieder an diesem Geschäft vorbei, und wenn er da sitzt, spreche ich ihn an, vielleicht kann ich ihm ja helfen. –

Der Bettler – „Der Mond ist aufgegangen, die güldnen Sternlein prangen..." Uwe lag in seinem verschlissenen Schlafsack in einem alten Schuppen im Hafen. Die Tür hing lose in den Scharnieren, die Fenster waren notdürftig geflickt mit Pappe. Das morsche Dach hatte ein großes Loch, rund wie der Vollmond, der das Innere des Schuppens heute in ein gleißendes, unwirkliches Licht tauchte. Dieses Lied hatte er oft seiner Tochter Laura vorgesungen, ein Lächeln huschte über sein Gesicht. Das laute Schnarchen von Fritz riss ihn aus seinen Träumen, eben noch hatte Laura ihre Ärmchen um ihn geschlungen und ihm einen Gutenachtkuss gegeben, jetzt wurde ihm bewusst, dass er in einem schmuddeligen Schlafsack lag, neben sich eine zerbeulte Tasche mit ein paar Erinnerungsstücken aus seinem früheren Leben, Fotos, Briefen und ein paar Taschenbüchern.

Eine Mücke surrte durch das diffuse Mondlicht, er schnappte nach ihr, umsonst. Er sah auf die Uhr, vier Uhr, noch früh. Die Tage und Nächte hatten andere Dimensionen, seitdem er als Penner lebte.

Fritz und Paul schliefen am anderen Ende des Schuppens. Gnädig hatten sie ihn vor ein paar Wochen hier aufgenommen, als er Schutz vor einem gewaltigen Regenguss suchte, und dann durfte er sogar bleiben. Neugierig hatten sie ihn gemustert. „Wenn du uns nich aufn Keks gehst, ab und zu mal fürs Abendbrot sorgst, ich meine auch, was das Flüssige angeht, dann kannste bleiben." Das waren Pauls Worte, und Fritz nickte dazu. Wieder ein Blick auf die Uhr, warum bloß? Das war lange her, dass die Uhrzeit sein Leben mitbestimmte.

Uwe döste wieder ein.

Wie im Nebel sah er den gestrigen Tag vor sich. Er hatte vor einem Delikatessengeschäft gesessen und gebettelt. Es war ein warmer Sommernachmittag, elegante Frauen rauschten an ihm vorbei, manchmal landeten Münzen in seinem Hut, sicher hatten sie das kalte oder warme Büffet und die Gästeliste dazu im Kopf. Eine Frau, die kurz vor Feierabend in den Laden hastete, kam ihm mächtig bekannt vor, obwohl er sie nur aus den Augenwinkeln sah. Ursula? War sie es wirklich? Er hatte sie während des Studiums kennen gelernt und eine kurze Liebesaffäre mit ihr gehabt. Als er merkte, dass sie eine feste Beziehung daraus machen wollte, hatte er es beendet, das war ihm einfach noch zu früh. Ursula von Fallersleben, eine tolle Frau, das schien sie immer noch zu sein, wie er flüchtig feststellen konnte, wenn sie es denn war. Ihr Blick hatte länger auf seinem Gesicht verweilt, nachdem sie ihm eine Münze in den Hut geworfen hatte, so war es ihm jedenfalls vorgekommen.

Er dachte an sein Grafik Design Studium. Uwe Wolter, ein kreativer junger Mann mit einem glänzenden Abschluss, dem die Welt offen stand. Nach Reisen durch Frankreich, Italien und Griechenland konnte er nach kurzer Einarbeitungs-

zeit die Werbeagentur seines Onkels überneh-
men, der selber keine Kinder hatte und sich zur
Ruhe setzen wollte, ein vielversprechender Start
ins Berufsleben. Er hatte Klara, seine große Liebe,
geheiratet, sie hatten ein altes Bauerhaus in der
Umgebung von Bremen gekauft und nach ihren
Vorstellungen renoviert, und als dann bald Laura
geboren wurde, schien sein Glück perfekt.

Klara veränderte sich, nachdem Laura da war.
Das Kind spielte die Hauptrolle in ihrem Leben,
ihr Mann war in den Hintergrund gerückt. Uwe
blieb immer länger in der Firma, traf sich mit
Freunden in Kneipen und trank mehr, als ihm gut
tat, ein schleichender Prozess, den er natürlich
nicht wahrhaben wollte. Uwe und Klara entfrem-
deten sich immer mehr, eine Gemeinschaft exis-
tierte nur noch über das Kind.

Hätten sie doch darüber reden können, dachte er, aber während sie vor ihren Freunden die
Fassade einer glücklichen Familie pflegten,
bröckelten die Grundmauern ihrer Ehe.

Uwe fröstelte, und er wühlte sich weiter in
seinen Schlafsack. Der Mond hatte sich inzwischen verkrochen, im fahlen Morgenlicht beobachtete er eine Spinne, wie sie ihr Netz spann mit
welcher Geschicklichkeit, welcher Sorgfalt. Wenn
er wollte, könnte er ihr Werk mit einem Steinwurf
in Sekundenschnelle vernichten, genau so
schnell, wie auch sein Leben zerstört wurde.

Klara hatte ihr Kunststudium abgebrochen,
als sie heirateten. Als Laura ein Jahr alt war, half

sie ihrer Freundin, die eine Galerie besaß. Sie konnte das Kind mitnehmen und hatte außer ihrem Haushalt eine andere Aufgabe, die sie ausfüllte. Sie blühte wieder auf, und Uwe sah eine Chance, mit Gesprächen über Kunst ihr wieder näher zu kommen. Er schöpfte Hoffnung bis zu diesem schrecklichen Abend.

Sie hatten in der Galerie gefeiert nach der Eröffnung einer neuen Ausstellung, die sehr erfolgversprechend begonnen hatte: Uwe, Klara, die Besitzerin der Galerie, Freunde und Künstler. Klara wirkte sehr gelöst, Laura schlief trotz des Lärms im Nebenzimmer. Uwe war unruhig, er fühlte sich nicht sonderlich wohl in diesem Kreis und hätte nicht sagen können, warum. Er beobachtete Klara, wie heiter und entspannt sie wirkte. War er eifersüchtig? Er versuchte, seine Unruhe mit Alkohol zu betäuben. Morgen hatte er einen wichtigen Termin, es hing viel davon ab für die Zukunft seiner Agentur. Er drängelte, nach Hause zu fahren. Eigentlich war er schon viel zu betrunken, sich ans Steuer zu setzen, aber er hatte sich völlig in der Gewalt, keiner merkte etwas, auch Klara nicht, die sich mit der schlafenden Laura hinten in den Wagen setzte.

In einer scharfen Rechtskurve passierte es dann. Er fuhr sehr schnell, verlor die Kontrolle über den Wagen, der sich überschlug. Klara und Laura wurden hinausgeschleudert. Klara war sofort tot, Laura kam noch ins Krankenhaus, starb dort aber an der Schwere ihrer Verletzungen,

ohne das Bewusstsein wieder erlangt zu haben.
Er selbst kam mit Prellungen und Hautabschürf-
ungen davon, äußerlich jedenfalls.

Es war heller Morgen inzwischen, Uwe merkte, dass Tränen aus den halbgeschlossenen Lidern
über sein Gesicht rollten, die Vergangenheit hatte
ihn fest im Griff. Er sah, dass Fritz und Paul sich
aus ihren Schlafsäcken gequält hatten, schon die
Flasche Bier in der Hand, er hörte die gurgelnden
Laute und ekelte sich.

Er hatte damals alles verloren, die Trauer um
seine geliebte Familie raubte ihm den Verstand.
Er konnte sich nicht mehr im Spiegel ansehen, er
fand sich einfach widerlich. Mit der Firma ging es
schnell bergab, er kümmerte sich ja nicht mehr.
Seine Freunde, jedenfalls die, die er immer dafür
gehalten hatte, zogen sich zurück. Er ertrank in
Kummer und Selbstmitleid. Mit dem Verkauf des
Hauses und der wertvollen Möbel konnten so
gerade die Schulden getilgt werden.

So stand er eines Tages mit einer Tasche mit
seinen letzten Habseligkeiten auf der Straße und
wie von einem unsichtbaren Motor getrieben,
zog es ihn zum Bahnhof nach Bremen. Als er
dann später auf dem Bahnsteig auf einer Bank
saß, ohne zu wissen, wohin er wollte, abgerissen,
ungepflegt, und ihm ein mitleidiger Mensch eine
Münze in den Schoß warf, da wusste er plötzlich,
durch dieses Tal musste er durch, er wollte sich
erniedrigen, betteln fürs Überleben. Er kam sich
vor wie in einer Moorlandschaft, kurz vor dem

Versinken, aber das wäre zu einfach. Er wollte leben, in der Gosse, das war seine Strafe. So fand er irgendwann diesen Schuppen im Hafengebiet für die Nacht.

Tagsüber saß er an verschieden Stellen in der Stadt, starrte ins Leere, und tatsächlich landeten immer Münzen in seinem Hut. Er fühlte sich hundsmiserabel dabei, erinnerte er sich doch, wie er früher an so einem vorbeigehastet war, angewidert, ihn am liebsten übersehen hätte. ...

Mit einem Ruck riss Uwe den Reißverschluss seines Schlafsacks auf und sprang auf die Füße. Ein Hoffnungsstrahl hatte plötzlich seine innere Leere erhellt, er konnte es sich noch nicht so ganz erklären. Lag es an Ursula? War es Zufall oder Schicksal? Sie hatte er gestern gesehen, da war er sich jetzt ganz sicher, und wenn sie ihn auch erkannt hatte, machte sie sich bestimmt so ihre Gedanken. Er wollte sich heute noch einmal vor dieses Delikatessengeschäft setzen in der Hoffnung, dass sie wieder vorbeikommt und ihn anspricht, sonst würde er es tun.

Früher konnten sie über alles reden.

Er musste ihr alles erzählen.

Blaue Gedanken

Frühlingswinde
wehen
in das Fenster
meiner Seele
blaue Blütenblätter
verstreuen sich
in blaue Fernen
blaue Meereswellen
kräuseln sich
der Himmel bläut
strahlend
verheißungsvoll
blaue Gedanken
der Liebe
wehen
aus dem Fenster
meiner Seele

erne
ist da
Himmel
Meer
ich verwehen
verwehen

An Bahngleisen

Die Blume
am Bahngleis
erzittert
in der Geschwindigkeit
der Züge
meine Seele
in der Schnelllebigkeit
der Menschen
die Sonne
strahlt auch auf Bahngleise
die Blume
wärmt sich
in ihrem Licht
wie meine Seele
in deiner Liebe

Begegnungen
und was man daraus schließen könnte

Meine Freundin Lena träumte immer noch von einem Prinzen, der sie auf einem weißen Pferd entführt. Fünfundvierzig Jahre alt, hatte sie bisher immer die falschen Männer kennen gelernt und sich nach anfänglicher Verliebtheit auch sehr schnell wieder von ihnen getrennt. Blond, braunäugig, neugierig, offen, chaotisch und voll krauser Gedanken, das war Lena. Vielleicht schreckte letzteres die Männer ab, jedenfalls wohl den richtigen, den Prinzen, den sie suchte.

Vor sechs Wochen rief sie mich an.

"Stell dir vor, ich habe den Mann meines Lebens kennen gelernt, nun wirklich. Er ist Italiener, lebt schon lange in Deutschland. Ein traumhafter Typ, etwas feminin, sehr lieb und attraktiv. Auf einer Party stand er auf einmal vor mir, und ich hab mich sofort in ihn verliebt."

"Langsam, langsam", dachte ich, "das hatten wir doch schon so oft, nun muss es ja nicht schon wieder der Mann ihres Lebens sein."

Etwas zögerlich antwortete ich: "Das freut mich für dich, sicher werde ich ihn ja bald mal kennenlernen. Oder", da hatte ich einen Blitzgedanken, "was hältst du davon, wenn wir in das Justus Frantz Konzert nächste Woche zu dritt gehen? Ich besorg noch eine Karte.

Es sei denn, er interessiert sich nicht für klassische Musik."

"Doch, doch", versicherte mir Lena, "bestimmt kann ich ihn dafür begeistern, das ist eine gute Idee."

Gesagt, getan, ich besorgte noch eine Karte für dieses Konzert, das in einem alten Wasserschloss stattfinden sollte, bei gutem Wetter draußen im Schlosshof, bei schlechtem drinnen. Ich freute mich auf das Konzert und war gespannt auf Leonardo, die neue Errungenschaft von Lena, den Mann mit dem vielversprechenden Namen.

Sie rief mich am nächsten Tag noch einmal an, um zu bestätigen, dass er gern mitkäme. Dabei erzählte sie mir dann noch einiges über ihn, dass er sehr zärtlich sei, sehr höflich und aufmerksam, allerdings um seine Person ein großes Geheimnis machte. Er ließ sie im Unklaren darüber, wie er sein Geld verdient. Er jobbte frühmorgens auf dem Großmarkt, das wusste sie, obwohl er Wirtschaftswissenschaften studiert hatte, aber das konnte nicht alles sein, denn er trug teure Designer Anzüge. Abends hatte er oft keine Zeit, sagte ihr aber nicht, was er vorhat.

Na, da klingelten bei mir ja schon wieder alle Alarmglocken. Aber Lena hatte es mal wieder erwischt, und wie! Sie hatte großes Vertrauen zu ihm, erstaunlich.

Der Abend, an dem das Konzert stattfinden sollte, war da. Lena und Leonardo holten mich ab, mit seinem Wagen. Ich nahm ein paar blitzende Augen und einen sympathischen Händedruck wahr, und ab ging die Fahrt zum Wasserschloss.

Es war ein warmer Juliabend. Die Luft vibrierte. Mediterrane Sommernachtsstimmung erfasste mich, als wir über die Brücke den Schlosshof betraten. Viele festlich gekleidete Menschen waren schon versammelt in Erwartung dieses Musikereignisses. Stühle standen bereit, aber leider zogen dunkle Gewitterwolken auf, und in der Ferne konnte man leises Donnergrollen hören. Kurz vor Beginn des Konzertes entschloss man sich, aus Sicherheitsgründen, und die ersten Tropfen fielen auch schon, alles ins Innere zu verlagern.

Faszinierend, wie schnell sich jeder dieser festlich gekleideten Menschen, wir auch, einen Stuhl geschnappt hatte, und wie schnell diese Stühle im engen Schlosssaal reihenmäßig richtig arrangiert waren.

Justus Frantz und die Orchestermitglieder nahmen Platz auf der kleinen Bühne, und das Konzert begann. Beethoven und Brahms standen auf dem Programm. Ich tauchte ein in die Wogen der Musik und vergaß für Momente die neben mir sitzenden Lena und Leonardo.

In der Pause standen wir uns gegenüber. Mit einem mich sofort einnehmenden Lächeln reichte uns Leonardo ein Glas Wein, plauderte sehr charmant über das Schloss, das Orchester und die Musik.

Ich verstand Lena und ihre Begeisterung für diesen Mann.

Der zweite Teil des Konzertes begann. Als wir uns wieder setzten, fielen mir jetzt erst in unserer Reihe neben Leonardo zwei Frauen auf, sehr elegant gekleidet, etwas altmodisch allerdings, mit Rüschen und Spitzen und großen Hüten, die sie während des Konzertes auch nicht absetzten. Sie hätten die Schlossherrinnen sein können.

Beide waren schon etwas älter, aber nicht gleich alt, Mutter und Tochter, vermutete ich, und noch etwas fiel mir auf, irgendwie spürte ich es, Leonardo und diese beiden Frauen, da gab es einen Zusammenhang, irgendeinen.

"Ach was", beruhigte ich mich, "vergiss es wieder."

Aber ich konnte mich nicht mehr richtig auf die Musik konzentrieren. Der Abend klang aus mit einem kleinen Essen in einem nahegelegenen Restaurant. Leonardo hatte mein Herz im Sturm erobert, ich beneidete Lena ein wenig, sollte es dieses Mal wirklich der Richtige sein? Die beiden Frauen hatte ich vergessen.

Eine Woche später besuchte ich einen Vortrag über Kunst in der Barockzeit. Zwei Reihen vor mir sah ich zwei Hüte, die mir sehr bekannt vorkamen, und zwischen den Hüten erkannte ich den markanten Hinterkopf von Leonardo. Dieses unbestimmte Gefühl vom Konzertabend fiel mir wieder ein, und meine Neugier erwachte.

In der Pause ergab es sich dann, dass eine der

beiden behüteten Damen nach draußen ging, um
zu rauchen. Leonardo blieb, Gott sei Dank, sitzen.
Ich folgte ihr unbemerkt, und nachdem sie sich
eine Zigarette angezündet hatte, ging ich kurz-
entschlossen auf sie zu und sprach sie an.

"Entschuldigen sie, ich weiß nicht. ob sie sich
erinnern, wir sind uns auf dem Justus Frantz
Konzert vor einer Woche schon mal begegnet,
meine Freundin und ich saßen mit ihnen in der-
selben Reihe, allerdings war Leonardo da unser
Begleiter. Ich hoffe, sie halten mich nicht für
indiskret, aber wie lange kennen sie ihn schon?"

Das Lächeln der behüteten Dame, der jünge-
ren von beiden, wirkte sympathisch, aber etwas
verhalten. Freundlich antwortete sie mir: "Seit
diesem Abend! Er schob uns seine Visitenkarte zu,
die mich neugierig machte, und so rief ich ihn an.
Wie sie ja sicher wissen, bietet er sich als Begleiter alleinstehender Damen an, für Konzert-,
Vortrags-, Theaterbesuche. Sein Service ist nicht
gerade preiswert."

Dabei sah sie mich von oben nach unten an,
als ob sie überlegte, ob ich mir das auch leisten
könnte.

In meinem Kopf purzelten die Gedanken
durcheinander.

"Aha", dachte ich, "daher also der teure
Lebensstil und die belegten und nicht erklärten
Abende."

Ziemlich abrupt beendete ich das Gespräch
und ging nachdenklich auf meinen Platz zurück.

Dem Rest des Vortrags konnte ich nicht mehr so gut folgen, wieder einmal hatten diese beiden Hüte meine Konzentration durcheinandergebracht. Ich hatte jedoch das ganz bestimmte Gefühl, dass sie Leonardo nichts von unserem Gespräch erzählt hatte.

Nach diesem Abend überlegte ich nun, ob ich Lena aufklären sollte über den "Beruf" ihres Leonardo. Wie weit ging dieser Begleitservice? Diese Frage mochte ich gar nicht weiterdenken.

Ich ging Lena aus dem Weg, aber ich glaube, das merkte sie nicht mal in ihrer blinden Verliebtheit. "Bestimmt ist alles ganz seriös", redete ich mir gut zu, "vielleicht hat er ihr auch längst alles erzählt. Schließlich mag ich ihn ja auch, und selten hat mich meine Menschenkenntnis im Stich gelassen. Es darf einfach nicht schon wieder der Wurm in ihrer Beziehung sein!"

Nach der Rückkehr von einem längeren Auslandsaufenthalt rief ich als erstes Lena an. Ihre Worte sprudelten wie ein Wasserfall:

„Stell dir vor, Leonardo und ich fahren nächste Woche nach Italien. Ich soll seine Eltern und auch seine Heimat kennen lernen, ich freue mich wahnsinnig und, übrigens, wir sind seit kurzem fast jeden Abend zusammen, er hat plötzlich viel mehr Zeit für mich, ist das nicht toll? Ach, ich bin so glücklich."

Erleichtert beendete ich das Gespräch nach einer Weile.

Tanz der Noten

Noten tanzen
auf den Violinen
sonst ist atemlose Stille
wunderbare Töne
kriechen
jauchzen
jubilieren
lassen Staubteilchen
aus altem Gebälk
ins Scheinwerferlicht wirbeln
Allegro
Andantino
Menuetto
ein furioser Bogenstrich
am Ende
Stille
und dann im Rausch
wunderbarer Nachklänge gefangen
beschließt donnernder Applaus
einen einzigartigen Konzertabend

Alabasterseele

Meine Seele
ist alabastergleich
glänzend
durchsichtig
strahlend
die Liebe
hat sie poliert

Sehnsüchte sind griechisch

Wind über Kreta

faltet Wellen

Gedankenverwehungen

bleiben

in knorrigen Olivenbäumen

hängen

eine blasse Mondsichel

verschwindet

hinter Wolkenfetzen

kleine Kiesel

rollen

mit dem Meer

Sehnsüchte sind griechisch